夢の端って

松川紀代

思潮社

夢の端っこ　松川紀代

目次

著者自装

夢の端っこ

I

万物流転

I

インドネシア語の勉強をする
いつか　使うことがある
頭に色のついた物言う鳥をかかえこんで
私は幼児のようにしゃべる
慣れない発音は　楽しい

2

引っ越しをした数日
地下鉄に乗っていると自分が
家に戻っているのか　遠く離れていくのか
とまどう
電車はへんな方角へ私を攫って行く

3

娘　息子
見覚えのある若い姿の人たちが
メキシコとの国境　アメリカのラホヤの町を　品定めしたり
ほら話なんぞで笑いながら
知らん顔で私の前を足早に歩いてゆく

4

奈良駅の上にある旧いホテルで紅茶を飲む
皿がすべって　のっけたケーキがＵＦＯみたいに宙を飛んだ
コーティングされたいまいましい六角形の　時代物めいたテーブルめ！
前例があるはず
ウェイターは知らん顔

5

友人の祖母は
最後に入院していた病室の窓から　生駒山を指さして
きれいな湖があると
山の中腹の工事現場の　それは青いビニールシートであった

6

田舎の家の
裏庭を通り抜け　狭い道を追われている
私は犬か猿
見覚えのある家があるから　駆け込むが話すことができない
ふしぎな感じ
その夢で
なにかぱっと　私は獣語をしゃべったはず

7

我が家屋の基礎コンクリートの
換気口で　かすかな話し声がする
枯れ葉か虫か
床下の奥深くに　何十年か住み込んでいる物

8

何年住んでも　そこの住人になれない
まだ出会わない　其処　住んでみたいと思うような
どこの他人の家でもいいから
屋根の正面の鬼瓦のようにでんと

9

死んでしまって
わたしというものがなくなっても　其処で
もの思うことは出来そう
花水木の葉がきりきり舞いするのを見て楽しんだり

10

祖母の死後　部屋の押し入れから出てきた
おびただしい種類の布　糸　紐のたぐい
小石　貝殻　いろんなボタン　町角の洋品店が開けるほど
絵葉書　栞　案内書は　町の旅行代理店なみ
無数の大小の箱　何か入っていたり
何も入っていなかったり
祖母という謎の宇宙の
意向までは決して辿れないまま

11

園児たちの声が聞こえる
こどもたちの声は　風とまじらないで
「ボールをかえして」と口々にいっている
畑仕事中のおじさんに向かって叫んでいる

12

台所で　芋が煮えるのを待つ
入試の結果を独り部屋で　耳をとがらせて待つ
産まれるのを妊婦のそばで　わくわくして待つ
そしてまさかの判決を死ぬ思いをして裁判所の一室で
待つ
「被告は有罪！」

13

イギリス旅行に出かける
イギリスといえば　大きな石壁の血なまぐさい城館がある国
正直者のうさぎはなかなか本心をあらわさない
その風土と煤けた暖炉を　通じない英語でメイドさんみたいに
　掃除してこよう
妖婆になってしまったらどうしよう

14

イギリスに行くつもりが　四国に行った
何かを見ようと思って　高速道路からずっとはずれた
川が見え隠れし　ヤマメやアユがいた
クモやヤンマやチョウやアブとハチとカと
カナブン　玉虫　カミキリ　ありとあらゆる生物に出会いに
村人には　誰も会わなかった

15

植木屋が木を丸裸にする
嘘のように新芽が出る
私の身体も損なうと
もうそれっきり代替がない
時代ではなくなってきた

16

西インド諸島のリゾート地に居ても
自分はなぜ　其処にいるのだろうと思う
青い青い海は内臓を冷やして
人生が終わってしまった　と錯覚する

17

他人がそばにいるだけで
あたたかく感じる
夢のなかではひとりぼっちなのに　少しも寂しくないのは
自分をだましているせいだろうか

18

世にも恐ろしい音を聞いた
韓国の歴史ドラマ「キム尚宮」の中で
鼠とか鼬とか犬猫の小骨を　俎板の上で叩き刻む
部屋の外で敵側の愛妾がたてる　その音を
毎夜聞かされた病気の王女は死にはしなかったが
苦しみやつれ　おののいた
怒り狂って闇を走り回る物の怪のすがたに

19

撒水銃を握っている右腕の
裏っ側の肘の上ばかり蚊に刺された
両眼で見えないその柔らかくうすい表皮に　神経を張りめぐらせ
蚊を感知せよ

20

自慢の唐津焼の大皿が一枚割れ
悔しかったが
幸せな悲しみだと気づいている
うかつに人を深く傷つけた
取り戻せない時間に　比べれば

21

玄関を掃き　水を打ち
花を生け　盆を用意し
お坊さんが月一度来ます
お経を唱える間　私も手を合わせ
部屋まで掃除したので　とても気持ちがいいです
お坊さんの来た日は
ゆっくり　過ぎていきます

22

こどもは
寝間着の上からタオルを
ぐるぐる巻いて寝かしつけてやれば
どこまでもころがっていって端で
夢を見ている

23

きのうの出来事を想いながら
きょうを過ごした
きょう一日は　物干し竿みたいに瑣末事を横に連ねて
長かった

あしたのことを想って
毎晩　無心な気持ちで床につく
まわっている日常の
小さな輪に守られて
眠る
もうひとつ　鷲のような猛禽の嘴の大きな輪に　銜えられてい
　るのは
大抵忘れている

24

むかし家の前を市電が通った
「くだら」行と書かれている
くだらとはどんな町なのか
砂の吹くさびれた町の
笛の音が消えていくような
終点まで行ったことはないけれど昼間向かったくだら
「くだら」行の電車にはよく乗った
釣り革につかまって
あるいは座席でゆられて
ひとつ　ひとつ　駅を過ぎて行った
「大国町」では　祭太鼓を売っている店の前でぴたりと電車は
　止まり
「赤手ぬぐい稲荷前」では　ほおかむりしたきつねふうの美女
が
しゃなりしゃなりと暗い小道へ歩いてゆく
いつも「恵美須町」で降りて

赤と肌色の電車が小さくなっていくのを見送った
夕方を過ぎると
「くだら」行の電車はほとんどがらがらになって
からっぽで走っている

25

庭では　その木が
となりの木を気にするように
ゆっくり　太くなっていた
奥の庭へと続く東側の長いもうひとつの庭は
午前中だけ陽が当たり
風がよく通る
敷石を静かに　そっと歩く時間
（家を出て帰ってきました）
セミの抜け殻に　陽が射して
毎年私は歳を取る
自分の土地といっても　ここしばらく
どこかの僧院の庭をながめるのと大差ない
散水栓をひねると
勢いよく　空に当たった

26

26

夕方になって　電気をともす
不思議な気分になる
もう一人の私がもう一人の私を見ている
何か思っている
何を思っていたの
その街は今もあるのだが

その街に住んでいた
街の角の家の窓から　なかが見える
私は暮らしていた
冬の日
駅前の旭屋の来年のカレンダーに会社の用事を書き入れていた
お茶を飲みながら

明日は掃除をしようと思う
部屋から部屋へ

物を取りにゆく
記憶をさがすように
棚の上　祖母からもらったマトリョーシカの
黒く塗られた瞳が　ゆっくり動いた

27

庭があった所に　母が車の修理工場を建てた
まだ何も置いてなくて気持ちがいい
水が流れてきた　誰かがコンクリートを洗っている
水はどんどん表に流れ出した
水の勢いで金魚の入っている水槽も洗ってしまおうと考えた
水槽の水はまたたくまに新しくなる
金魚がぜんぶ死んでしまったのは私のせい
母さんはどこに行ったのだろう
足元を回っている水は　まだ流しっぱなしになっている

II

ストライプ

普段使っている折りたたみの傘。床に投げ出され、陽が当たっていた。黒い地模様に細かいストライプのあったことにはじめて気がついた。ストライプ模様には思い出がある。

私が高校を卒業した頃だったか、母と一緒に入った服飾店で気に入った洋服が二着あった。

一着は白地に緑色の横ストライプのワンピース。もう一着は野菊の花柄のジャケット。店にいる間、うろうろしながら、どちらにするかでうんと迷った。

結局、花柄の綿仕立てのジャケットを選んだ。この上着は本当に着やすくて、どんなスカートにも似合って、私はどこへでも着て行った。色褪せてもまだ、愛用した。

一方、ストライプの洋服のこともいつまでも覚えていた。選ばれなかったからこそそれは自分にぴったりだったかもしれない。緑の横縞はくっきりと細く若かった私の体を包んで、まとわりついていた。

その後、縞模様のTシャツを何枚買い求めたろう。地味なものも派手なものも、ストライプはなぜか着飽きない。

四人服のストライプが横一列に並ぶと、行き場のない陸の大きな太刀魚みたいに見えるだろう。なんてふっと他愛のないことを考える。

おっと、外をいつものストライプ好きのおばさんが歩いていく。

服もカバンも靴も帽子も縦とか横のストライプ。連れている犬の服までストライプ。こんなふうにストライプに目がくらんでしまうと、どうなるのだろう。彼女はやがて家と家の間の迷路に何気なく入ってしまい、いや実際は、やたらと横断歩道や交通標識がある表通りのど真ん中で、見事に人込みにまぎれてしまった。

手袋

捨てられている手袋を見た。いいえそうではなく、誰かが落としてしまった片方だけの手袋を。それは、地下街の通路で、上向いたり、下向いたり、横向きに人の靴に踏まれて、なんともきたなく汚れていた。

昨日までは、持ち主の手をあたためて、大切にされていたのに。

道に落ちているハンカチも、気の毒だが、なにせハンカチは丈夫だ。普段からくしゃくしゃになる定めを知っていそうな気がする。

手袋は隅のほうに蹴られて行って、小さな声でささやいていた。

「あいつはどうしているのだろう。わたしが不幸になっても、あいつが不幸になっても、お互い片割れが、いつも気にかかる」

ゲーム

エレベーターの前に引き返すと、下手な粘土細工で出来たような古いドアだ。形もいびつで、前に少し傾いている。私をまともな階に運んでくれるはずがない。

地下の奥底に降りるのではないかという予感が的中した。エレベーターはドスンと止まった。

コンクリートと鋼が剝き出しの、今は忘れ去られた地下。埃だらけで真っ黒な階段を駆け登る。この時私は夢を見ているのだとはっきり自覚する。それくらい早く浮かぶぐらい早く、駆け上がる。上の方が少し明るくなってくるまで。

どこかの学校ではあるらしい。夜の学校。廊下に電灯がぽつんぽつんと並んでいる。便所を探すが見当たらない。廊下を次に曲がったらあるだろう。いくつも曲がったら、それらしきものがあったが、用をなさない。蓋がこわれて座れなかったり、汚れていたり。非常に小さい木の戸を隅に見つけて、開けたら小さい便器だった。一安心して座る。でも待てど暮らせど、私のお小水は出ないのだった。

職員室には先生が居残っているのか、すりガラスがぼんやり明るかった。この階の端から端まで歩き回って探検しよう。お茶も飲んでみよう。ちがう階に行っても、また帰ってくればいいのだから。

と思っていると、いきなり飴色の料亭旅館で、四十畳ほどの座敷のまわりはぐるりと廊下が取り囲み、五段ほどの小さな階段につながっている。居合わせた仲居さんと一緒に降りると、同じような座敷。下の階へもどこかで続いている。左回りに廊下をぐるりと走って、広いのに感心する。

客はどこで御馳走を食べているのだろう。

辿り着けて、ラッキーだった。普通の人が歩き、働くフロア。普通のフロアだ。朝と昼が、そのたび楽しくやって来るフロア。

会社の仕事に関係がある物にあふれ、○○商事とか××証券とか、よくわからない表示が大きい。別の娯楽も見つけることができるかもしれない。

人と人の会話が、聴こえる。帰って来たと思った。

この階のエレベーターの前の足元は、大理石でできている。多くの人がパントマイムの身振りで、利用している。

私も早く大人になって、迷うことなく目的の階へ一直線に行けたらとほっとしながらも、心臓は小さく痛い。

買物

家族全員で、百貨店へ買物に行った。

最後は、定例の婦人服売り場。夫もいることだし、久しぶりの洋服選びにコーナーをうろうろしていた。すると、六歳の息子がかけよってきて、妹の姿が見えないと言う。

売り場周辺は夫と息子に任せて、私はもうすこし外側を探そうと努めた。何回か階を一周し、走って回ったがいない。

どこかにさらわれた不安におののいて、更に外側を探した。重たく分厚い鉄の引戸を開けたら、隣の館への通路だった。

薄暗く人気がなく、倉庫のようなところを走り過ぎると、社員寮なのか誘導灯がわびしく続いている。

ふっと、時間が経ち過ぎたと気がついた。元の明るい売り場に戻ったら、娘はまだ見つかっていなかった。

主任がやってきて「閉店時間なので、困りました」と、他人事だ。

その時息子が叫んだ「おかあさん、いたよ」

娘は、吊された洋服と洋服の間で立ったまま眠っていた。泣き濡れて、おしっこまでしていた。

「お母さんは何をしていたの」と夫と息子は、批判の眼つきだ。

走りまわって探していたと言うけれど、嘘っぽく聞こえる。

お母さんはどこかでぶらぶらしていたと、娘までそう信じている。

市電

私の家は電車通りに面していた。大人の目で見ると、普通の十メートルほどの幅の道路であるが、子供の目には向かいの商店が遠く感じられた。近くに信号がなかったので、町の人たちは自由に好きな場所で通りを渡っていた。渡るのに失敗することもある。そんな時は前と後ろを行き来する車におびえながら、電車もやって来るので恐い思いをする。道路の向かいの家の左隣には、パン屋があった。母は商売で忙しく、子供のおやつなどにかまっていられない。私たち姉妹はお金を出し合って、何度も電車道を渡り、ケーキやパンを買いに行った。

犬や猫が事故にあうのはしょっちゅうで、あのころは放し飼いが普通だったせいだろう。かわいそうな犬の死骸がよく道路脇にムシロをかぶせて置かれていた。一度、いちばん下の妹が車に轢かれそうになった。まだ幼かった妹が、車道の向こう側にいた伯母を見つけて危なっかしく歩き出したらしい。その時、私は店のなかにいたが、すぐそばにいた祖父が狂ったような声で孫の名前を呼び、飛び出して行った。

その声は、いつ思い出しても忘れられない。

私が小学六年生の時、交通委員になった。大変な役目だった。朝、登校する下級生のために私の家のすぐ横のまだ信号のない交差点で、交通整理のようなことをやらされた。こちら側に立つのは私で、向かいの側にはそっち側に家がある佐藤君がいた。

二人が手に持っているのは二メートルほどの旗付きの竹竿で、旗には「止まれ」と大きな文字が書かれている。黄色のナイロン地に緑色の文字だったような気がする。

このかなり重たい旗付きの竿を、二人が気持ちをひとつにして、同時にさっと電車道に出し合い、往来する車を止めた。

そうして児童たちを安全に渡らせた。

私は普段は小心なくせに、その時は使命感を感じていたのか、大きなトラックでも平気で止めた。向かい側の佐藤君は私の後で旗を慌てて出すということが、何度もあった。任務が終わって、二人で登校する時に「いきなり出さないでくれ。俺、こわかった」と困った様子で、佐藤君は何回も言った。今にして思えば、あの時、気のやさしい彼のほうが普通で正しかった。

それにしても、巡査が行うようなことを子供に任せるとは。まだこれから大阪がなんでも経験してゆく時代であったようだ。その後、交通量が何倍にも増えてからは、父兄が交通整理をするようになり、さらに何年かして、やっと信号機が設置された。

双子の妹はピアノを習っていた。母は私もついでみたいに習わせた。その先生宅へ行くのに市電を使っていた。夜に行くこともあって、西立売堀駅から白髪橋を過ぎて、まっすぐ恵美須町へ。恵美須町で南海電車に乗り換えた。

恵美須町界隈は、酔っぱらいが道に寝ていたり、その吐瀉物で道が汚れていたりして、恐かった。今でも新世界周辺は、男の人たちにそれなりの人気があるようだが、私は好きではない。

帰り道、二人で市電のビロードの席に腰掛けて、ぼんやり男も立つ街娼のいる町をながめていた。

中学、高校が私立だったため、その間阿倍野橋までまた市電のお世話になった。朝の混み様は尋常ではなく、重たいカバンが車内の金属構造物に引っかかったり、スカートが破れそうになったりして、電車から降りるのに一苦労した。

市電のいい思い出は、なんといっても花電車である。見たことのない人のために辞書を引くと「祝事や記念などのために花や電灯などで飾って走らせる電車」とある。

家の誰か、あるいは客が「花電車」と叫ぶ。すると子供が一番に靴を突っ掛けて、表通りに飛び出す。

遠くから、じゃかじゃかした音楽が近づき、バラの花やユリの花や、色々な光の花で飾られた電車に、ドレスを着たきれいな女たち。お城や動物や人形たち。なんの変哲もなく際立ったものでもないのに、なぜみんな見るのか。それが一刻であわただしいから美しく感じてしまうのか。夜は特にそう感じる。まだ光に溢れていなかった大阪の夜の町の車道を揺れながら消えてゆく音楽と電灯の賑わい。

書き遅れたが、ピアノをついでみたいに習っていた私は当然じきにやめてしまい、妹だけが大学で音楽を教えるなど、初志貫徹し、生計をたてている。私は長女のくせに、未だなにもこれというほどのことが出来ないでいる。

電話

機械が苦手だ。受話器の中で、あの人がしゃべっている。あの人は何か急いでいるみたい（怒っている――みたい）。私の声だっておかしい。どこかちがうところから私の声が出ていて、耳の向こうを流れていく。

真面目になろうとして、真面目にできなくてごめんなさい。緊張していて、緊張してはだめなのに。わざとだらけてみせる。

グレン・グールドもそうだったけれど、電話で何時間も話し続けるなんて、きっと病気にかかっているにちがいない。制服を着替えた貴方はｉＰｈｏｎｅ片手にしゃべりながら、眠っているのでしょうね、どこかの街で。

うわの空で腰を掛け、うわの空で聞いていていたら、叱られた。
電話は道具だ。話したい人との道具。
だからあのひとが電話をしてくると、目がさめる。自然に、
にこやかに、話そうとおもう。
知人？　友人？　妹？　なに、商用？
電話が鳴っている。
長い手を何本もくねらせて呼んでいる。
私が対話に行き着くまで、相当に時間がかかる。

ケケル鳥

人を羨やんで、その鳥は夜やってくる。

目をかっと開き、赤く血走らせてケケル語でまくしたてる。

部屋に男がいて、事故にあったかのように驚いている。

男にしてみればもう寝ようと思っていたら、突然変な鳥があらわれて、なにやら自分に非常に怒っている様子なので、心外である。不愉快だ。

鳥に対しては、毅然とした態度で接しようと、男はきびしい顔つきになった。

鳥は、男のそんな態度にますます腹をたてて、ケケル語をまくしたてる。

この男に対して、くやしい思いがつのってくる。（だからわたしは、あなたとしんじつのお話がしたくてここにやってきたのです。たった一語、やさしい言葉であやまってくれたらと思う）

男はつぶやく。自分は千回も、万回も、謝ってきた。

ずっとがまんして、許して、生きてきたのに。

夜も更けた。

男もケケル鳥も疲れ果て、それぞれの異種の寝床に、戻った。

熊の国

ここは熊の国なのだろうか?

熊がいる。町の四方八方に、なぜこんなに熊がいるのだろう。

私は熊をさけて、なんとか一軒の家にたどり着いた。しかし、すでに小熊が二頭、庭を荒らして遊んでいた。

二階に駆け上がり、目指すはクローゼット。内側から鍵をしっかりかけ、丸くなる。

どうしようもない運命になった。じっと、外をうかがい、潜まなければならないなんて。

家中の電気をつけて、音楽をがんがん鳴らして、思いがけなく私は熊の衣装を着て。

仁王立ちで踊っていた。

生きる力

エレベーターに乗っていたはずなのに、気がつけば、私は大地から生え出た野菜のように土のなかに埋まり、これから、這い出そうとしている。

とてもいい天気で、うれしくなる。

草原が少しだけ続き、花壇が見える。西洋の田舎にあるようなかわいらしい家が何軒か。屋根や窓枠の色が原色だ。

きっとなにかの見せ物なのではないかと思うと、咲いている赤や黄色の花の色まで、でたらめっぽい。

へんな動物の声で「いらっしゃいませ」と玄関のチャイムから聞こえるが、家には入らない。

地面がなんだか丸みを帯びてきて、ころびそうになる。おとぎ話のシーンみたいだ。

前方に、高速道路が一段高く横一筋に通っていて、その向こうの区画には大きな四角い建物がある。

なにかの展示場なのか。

つまらないと思いながらも、しぜんに足が向く。

自宅近くの自然歴史博物館には学校の帰りよく行った。ガランとした建物の広間で、ガラスケースの中の石や貝や動物の骨が乾いていて、すごい淋しい静けさを感じた。ねむっている彼らのために、何もしなくてよいのだろうか。そう思うとそこでどう時を過ごせばよいのか。はたと足がとまり、時もとまってしまった。

目の前の建物が、何であるのかはわからない。

入り口近くの広場で、私は誰かに追いかけられた。建物横の通路に並んでいた植木鉢の上を一直線に走り、裏庭に飛び込んだ。そうして、そこの樹木を飛び越そうとしたら、目の前にいきなり湖。

川のようでもあり、海のようでもある。水の上、私はなにかの乗り物に乗っている。

それに一人ではなく、後ろのほうに家族の顔も見える。

乗っているのはジェットコースターか、小型のトロッコ風の客車か？

水しぶきを立てて、とんでもなくジャンプした。私は思わず目をつぶる。無事着水できるのだろうか。水面をかすってまたジャンプした。こんどは空のなかほどまで。

降りられないまま、私はまだ落ちもしないまま、その浮遊感と眩暈の中心にいる。

あっぽう

父にはよくかたぐるまをしてもらった。

家の中でするのである。天井に手が届く感じや、隣の部屋に移るときの、鴨居に首をかがめる動作など、よく覚えている。それは非日常の楽しみを、教えてくれた。

子供心にも、父はふしぎな人だった。父に叱られた記憶はないが、父は子供に注意をするとき、直接口で言うのではなく、「あっぽう」と書いた紙きれを私たちに渡した。大抵の場合、子供は悪いことをしたことなどに意識はいかず、くすっと笑って、終わってしまった。

私も妹も、父には理由もなく頭をなでてもらった。高校生のにきびでいっぱいの顔をきれいだと言ってくれた。

父は変わり者であった。世間話というものをしなかった。黙って聞いているだけなので、相手も諦めてしまうのか、話が続かない。私が結婚する時も「後悔せえへんか」と聞いただけだ。私が「ぜったいせえへん」と答えると、頷いた。

父は生涯店の奥の経理室で過ごしたのだが、集金に来た人には、顔も見ないで小切手や現金だけをすうっと差し出した。一日座っていても、仕上げなければならない帳簿や書類は際限なくあるのだった。父が机から離れる時は、父の莚のなかでぐっすり眠り込んでいた家の三毛猫も、起きねばならなかった。

夕方になってお酒が入ると、父はやっと、少しほぐれ自由になった。私が人には見せにくい独り言を書いている手帳を見せると、おとうちゃんも出来るとばかり、紙になにやら二行ほど書いた。美しい大地に、私が立つ、みたいな内容だった。唐突でほんとうにびっくりした。

私たち姉妹三人が、父と一緒にお菓子を食べていると、よく母は「だれも自分にはお茶を入れてくれへん。この家一番の働き手やのに」と文句を言った。

ほんとうに母のいうとおりなのだったが、父にはなぜかお茶を入れたくなってしまうのだ。

一度、ビルマで一緒にいた戦友が父を訪ねて来た。

その人は、一人でしゃべり帰って行ったのだが、その人の話によると、父は敵の爆弾が雨のように降るなか、地面で死人の横に寝ていたそうだ。事実、父の口癖は「おれは一度、死んだ」だった。

仏壇の過去帳に、失った戦友の名前が小さく黒々と何百人も書かれているのを、一番下の妹が見つけた。特別なものと思って、父の没年の一九九六年だったか、妹はある神社に納めてきた。

最後に、恥ずかしいのだがあまりに父らしい話を。めずらしく母が父と連れだって、知人の家を訪ねた。その家で、用を足しに行った父がなかなか戻ってこない。母が様子を見に行くと、なんと静かな庭先にあるその便所の中で父は居眠りしていたそうだ。

あひる

誰かが夜店で買ってきたあひる。母と妹が飼っていると聞いて、様子を見にいった。なるほどひよこよりひとまわり大きく、嘴は小さく黄色い靴べらのようだった。

街の真ん中、会社の屋上で、餌をやりはじめた。母は孫のプラスチックの湯船を出してきて、小さいあひるを泳がせた。あひるはスイスイと泳ぎ、小さい嘴で鳴いた。

次に行った時、ひとまわり大きくなっていた。いつも新鮮な野菜くずが必要だった。妹は、屋上にまな板を用意して、日に何度も、あひるのそばで刻んだ。

糞の始末、水を替えること、屋上の掃除、それに刻んでも刻んでもあひるは食べるので、実家の冷蔵庫は野菜入れと化した。屋上で、あひるは鳴きながら妹の後をついてまわった。私は自分の子供を抱いていたが、ふと妹がかわいそうになった。

あひるは白い若いあひるに成長した。湯船はまったく用をなさない。母と妹は、屋上の日焼けした椅子にそろって座って、途方に暮れていた。

私と夫が、ある日あひるを昆陽池に置いてきた。

ほんとうに、池の光はちがっていた。母と妹が飼うあひるはみる影もなかった。池から吹いてくる風は冷たく、市販の野菜しか食べてこなかったので、油分の少ない羽で泳げるかどうかわからない。なにより他のあひるたちを怖がっており、岸辺の草の陰から出ようとしなかった。

妹は涙をながして聞いた。

越智ちゃん

「急変することがあるから、お医者さんが会っておきなさいって」

あなたを囲んだ旧友三人。

あなたはさらりと言い、庭のほうに顔を向けました。

植木屋が手入れしたばかりだという庭はほの明るく、あなた好みの庭のあちらこちらに膝丈ほどの白い野草が揺れていました。

私は長年仇のように自宅の庭の雑草をむしってきたのですが、

きょうの彼女の庭はきれいだと思いました。

あなたは、水の溜まった足を見せて、歩きにくいと言いました。時間は無いのに私はまだ外ばかり見ていました。

私たちは、どうでもいいようなことしかしゃべれませんでした。

あなたが亡くなったと連絡があった時、あなたへの手紙を書いていました。

私は、瞳のきれいな犬や猫やその他のたくさんの動物たちが、うらやましい。

何かを言わなければいけない病気にかかってしまいました。

＊越智美登子　中学、高校の六年間を共に学び、彼女は常に成績一番の優等生。京都大学大学院で日本近世文学を研究、滋賀大学で准教授を務めた。

金森さん

クラスで金森さんの筆箱は特別だ。誰もが持っている筆箱。だけど金森さんのものだけはじっと見つめてしまう。桃色の、少しだけ半透明なセルロイドの筆箱。

金森さんはきれい好きで、几帳面。おまけに器用。なぜ目がいってしまうのか。その筆箱は二段になっていた。上段に並んでいる五本の鉛筆。

ふつうの三菱の濃い深緑のやつ。消しゴムは白、定規は透明と決まっていた。いつ見てもその筆箱には、四色だけ。鉛筆五本は上手に手で削られて、毎日同じ高さで並んでいた。

私はその書きやすそうな芯の長さに見入ったことがある。鉛筆のていねいな扱いに感動した。

すらすらと文字を書く彼女。鉛筆を、するりと入れたり出したりするのを楽しんでいた。だから、その筆箱は決して割れたり黒ずんだりすることなく、ずっと後年まで思いがけず残っていそうな物の一つだ。

声

家の二階にある空き部屋三つ。娘と、息子に、姑が居た。最初のうちは掃除もし、覗くこともあったけれど、もうずいぶんと二階に上がっていない。

床は白くなり、それぞれの扉も日増しに開けづらくなっていることだろう。

その夕方、空き部屋全体に、夕陽がいっぱいに射していた。古い壁は逆三角形になぜかふくらんで傾き、赤い縦長の窓枠と、明らさまに背き合っている様子だった。

夜になれば、月と星が粉になって部屋に舞い込んでくるらしい。その痕跡は私の言葉では到底証明できないのだが、非情に、丁寧に、雑巾がけを毎日ひと月も続けると、わかった。ただの砂や埃と別種の、異種といってよいサラサラに軽い透明なもの。

さらに数年が経った。私も、やっとこの家を去る決心がついた。ありがとう、美しかった家よ。十分に楽しみました。

家を去るとなると、部屋全体、一階も二階もさらに変わっていった。

屋根は抜ける替わりに薄黒くかたまり、壁は変質して、様々な翳を呼んでいるようだ。「崩壊だ」とか「妨害しろ」とか。特に、そこに住んでいた人の声は真夜中、付近の他人の家の上空に滞り、泣きもした。

先祖

きのう、先祖に会ってきた。

なぜ先祖とわかったかというと、会うなり内臓のかたちが私と似ているような（気がした）し、指先の爪にも見覚えがあったからだ。

私たちはお互いに目をしばたたかせ、それが挨拶だった。

私は女に生まれたので、その先祖は男であるような気がした。

先祖とは私の命をのばしてくれる存在だと聞いている。だから男なのだろう。

先祖は「森の奥へ……」と何度かつぶやいた。私も後をついて行って納得したのだが、本当に先祖が好きなのは森の奥などではなく、今二人が目にしている草原のようなところなのだと。

私たちは横並びに座って、草原のほの明るい風の動きを感じていた。何かおしゃべりしたような気がするが、何を話したかは今はまったく覚えていない。ただ、何か二三話しただけで満ち足りている。その先祖はいつ消えるかわからないような風情で、時々雲がさあっと流れ、草の上を光のゴムまりが走ってゆく。満ち足りるとはこのようにもの悲しく、特に人にことばを洩らすようなことではない。

先祖と別れる時、意味もなくありがとうと手をのばしたが、ことばにならなかった。

私の記憶には白っぽい紡錘形の内臓のあたたかみが残っている。

マグロ

夕食にマグロの目玉を買ってきた。

白いプラスチックのトレーの中に、人の顔のように目玉が二個並べてあり、ラップをかぶせてある。

黒いとろりと濡れている大きな魚の目。

近くに孫がいたので思わず見せる。

「おさかなの目。大きいでしょう。きらきらしてきれいね。真っ黒のおめめ」

孫は、両手で自分の両目尻を強くつねり上げ「おめめ」とさけぶ。

「おめめ、なんだかこわいねえ」

孫は「こわいねえ」ということばに反応した。

その日は冷蔵庫の傍まで何度もやってきて、また見せろと言う。出して見せてやると、そのたびに感動して「くわいねえ」を繰り返した。

魚の目は酒と醤油と砂糖で煮ると、白くて丸い目玉がポツンとあって、そのまわりはゼラチンだった。透明な栄養の脂が一センチほども鍋に残った。

青い狐

夫が入院した。

「心臓の左心室の筋肉壁を少しだけ削ります。僧帽弁の働きも悪いので、その時ようすを見て調整します。その後、冠動脈、大動脈バイパス移植術を行います」と医者は説明した。

夫の心臓が取り出され、気を失う。元に戻った心臓は、痛みを忘れ、また元の動きを思い出すのだろうか。

家族待合室で手術が終わるのを待った。夕方になって、やっと対面できた。

夫は、見たこともないほど黄色く艶のない肌で横たわり、死んだように眠っていた。

帰りの電車の中で、目を閉じた顔がいくつも暗いガラスに映り、でこぼこに、いびつに並んでいた。

駅前の繁華街。

冬の寒い夜、誰もが、自分と同じかげを自分の後ろに曳いている。

人々の間からとつぜん狐の鳴き声が聞こえた。

コート姿の襟や手首や裾を飾る何匹かの静かな青い狐たち。

あなたたち生きているの？　いつの間にそうなったのかしら。

よもや人間たちの街を行くとは思わなかったでしょう？

狐たちは熱い人の息を感じながら、夜の街を上下にふわりふわりと飛んでいる。

遠い星からの視線

真夜中、新種の清掃用電化製品が小さくピピピと鳴りだす。するとその隣の器具がパパポと共鳴する。冷蔵庫の扉には光の文字が浮いている。換気扇は点検の必要ありと青く鋭く点滅しているし、シャッターのスイッチは外壁がおとなしく眠っていることを教えてくれている。

気がつけば家中の空間に、赤や黄緑の小さな光が点在して生命体のように小さな光を発している。

毎晩うすい光に目覚めてしまう私だが、光の数は日毎増えているような気がする。部屋から出て、夜中家の中を歩く。

私の家であって、私の家ではない。

船の内部にいるような気さえしてくる。目の上の天井が急に開いて、静かな交信が始まろうとしているのではないか。

ひかり

サンフランシスコのミュウジアムに、娘と二人バスに乗って行ったことがある。
どんな絵を見たか忘れてしまったが、そこで入ったカフェのことは忘れられない。
客のほとんどは二人連れで、かれらは相手と何か一所懸命おしゃべりをしている。
靄のようにふくらんだ複数の英語の会話は、ときどき磁器の音と混ざりあった。
とつぜん娘が立ち上がり、パチパチと写真を撮り始めた。
「三時をまわったころのひかりは、特別なのよ」

ひかりは店ぜんたいに差し込んでいた。壁や、椅子や、床に当たり、きれいだった。

わたしは思い出した。これと同じひかりを、前にも見たことがある。

一人居残っていた高校時代の校舎の窓から見たうす青い空。その空で見つけた意味不明のひかりの文字。

結婚してからは、実家で働いていて、毎日銀行に通った。路上に、ひかりの蝶々がいっぱい舞い、ほんとにうそのように燃えている。まっ白のちがう街に立っているようだった。

サンフランシスコの北側にあるスティンソンの海辺で、少女が泣いていた。

いまはいつ。ここはどこ。ほんとうにつまらなくて、悲しい。何にもない大地に、青いひかりだけが走っている。その先は、未知の過去だ。昔に帰って行くような気がする。

見知らぬ街をわたしは歩いている。

通りの先までまっすぐ光の街。建物も電柱も煙草屋の窓ガラスも、街路樹までもが光に射られて。

こんなにきれいな日ははじめてです。わたしは生きているの？　わたしは誰？

　ここはどこですか？　遠い未来の街ですか？　それとも気の遠くなるほどの昔にわたしはいて、そこからあなたに尋ねているのでしょうか？

　千の光の蝶たちは、足元でますます白く妖しく、黙ったままだ。

あとがき

三年ほど前に兵庫県西宮市に引っ越した。それまでの十七年間奈良の生駒市に住んでいた。家から見えた生駒山は兵庫県にある六甲山地より低くなだらかだ。だから毎日山の上の空のようすまで見えた。

山の近くに住んで学ぶことは多く、季節ごとに変わってゆく山の色合いには言葉では言い尽くせない美しさがある。

山を見ながら時を忘れて、自分の中にある別の風景の移ろいを見ていたのかもしれない。

なぜかほっとするが、奇妙な体験だったと今は思う。

退職し、少しゆっくりする時間を持てて二冊の詩集をまとめた。この六冊目となる『夢の端っこ』の大半も、生駒の家で書いた。

西宮には、喫茶店がたくさんあって嬉しい。生駒の歩道には人がほとんど歩いていない。生来の都会っ子である私は、毎日のようにバスに乗って生駒駅の近鉄デパートまで行き、お茶を飲んだ。こんなことも思い出になった。

私のような怠け者が詩を書き続けてこられたのはひとえに、詩人の中江俊夫氏との出会いがあったからだ。心から感謝し、深くお礼を申し上げます。

松川紀代

二〇一八年二月十日

松川紀代（まつかわ・きよ）

詩集
『やわらかい一日』（一九九〇年　ミッドナイト・プレス）
『私のなかの誰とだれ』（一九九五年　ミッドナイト・プレス）
『身内』（二〇〇〇年　私家版）
『舟その他』（二〇〇四年　ミッドナイト・プレス）
『異文化の夜』（二〇一〇年　書肆山田）

詩誌「オリオン」所属

〒六六二－〇〇四六　兵庫県西宮市千歳町二－二十五

夢《ゆめ》の端《はし》っこ

著者
松川紀代《まつかわきよ》

発行者
小田久郎

発行所
株式会社思潮社

〒一六二－〇八四二　東京都新宿区市谷砂土原町三－十五
電話〇三（三二六七）八一五三（営業）・八一四一（編集）
FAX〇三（三二六七）八一四二

印刷所
創栄図書印刷株式会社

製本所
小高製本工業株式会社

発行日
二〇一八年八月三十日